1874 (janvier 29)

Vente le Jeudi 29 Janvier 1874.

SALLE N° 1

TABLEAUX

MODERNES

APPARTENANT A M. B***

M. CHARLES PILLET,	M. HARO,
COMMISSAIRE-PRISEUR,	PEINTRE-EXPERT
10, rue de la Grange-Batelière.	14, rue Visconti, et rue Bonaparte, 20.

Paris 1874

CATALOGUE

DE

TABLEAUX

MODERNES

*Appartenant à M. B****

VENTE A L'HOTEL DROUOT

Salle nº 1

Le Jeudi 29 Janvier 1874

A DEUX HEURES ET DEMIE

EXPOSITIONS

PARTICULIÈRE : LE MARDI 27 JANVIER 1874.

PUBLIQUE : LE MERCREDI 28 JANVIER 1874.

De une heure à cinq heures.

Me CHARLES PILLET,
COMMISSAIRE-PRISEUR,
10, rue de la Grange-Batelière.

M. HARO, PEINTRE-EXPERT,
CHEVALIER DE LA LÉGION D'HONNEUR,
14, rue Visconti, et rue Bonaparte, 20.

CONDITIONS DE LA VENTE

Elle sera faite au comptant.

Les acquéreurs payeront *cinq pour cent* en sus des adjudications.

CE CATALOGUE SE DISTRIBUE

A PARIS, CHEZ

Me CHARLES PILLET,

COMMISSAIRE-PRISEUR,

10, Rue de la Grange-Batelière, 10.

M. HARO,

PEINTRE-EXPERT,

14, Rue Visconti, et rue Bonaparte, 20.

Paris. — Typ. PILLET fils aîné, 5, rue des Grands-Augustins.

DÉSIGNATION

H. BARON

1. *Les Marguerites.*

Collection Cardon, de Bruxelles.

Bois. Haut., 13 cent.; larg., 22 cent.

BERNE-BELLECOUR

2. *Le Pêcheur à la ligne.*

Bois. Haut., 9 cent.; larg., 17 cent.

BONVIN

3. *Poissons.*

Toile. Haut., 44 cent.; larg., 53 cent.

BOUDIN

4. *Le grand Canal à Bruxelles.*

Bois. Haut., 26 cent.; larg., 45 cent.

BOUDIN

5. *La Rade de Camaret.*

Toile. Haut., 50 cent.; larg., 75 cent.

BOULARD

6. *Retour de la guerre.*

Toile. Haut., 87 cent.; larg., 70 cent.

BOULARD

7. *Fruits.*

Toile. Haut., 70 cent.; larg., 81 cent.

BOULARD

8. *Cerises.*

Bois. Haut., 29 cent.; larg., 45 cent.

J. BRETON

9. *Petite paysanne* (environ de Douai).

Toile. Haut., 30 cent.; larg., 22 cent.

BUSSON

10. *Le Retour de la pêche* (environs de Trouville).

Bois. Haut., 60 cent. ; larg., 78 cent.

CALS

11. *Paysage* (le printemps).

Toile. Haut., 30 cent. ; larg., 48 cent.

CAMMARANO

12. *Tête de jeune Italien.*

Haut., 36 cent. ; larg., 27 cent.

CAMMARANO

13. *Une rue à Rome.*

Toile. Haut., 74 cent.; larg., 50 cent.

CORMON

14. *Le Dormeur éveillé.*

(Conte des *Mille et une Nuits.*)

Toile. Haut., cent.; Larg., cent.

COROT

15. *Joueuse de mandoline.*

Toile. Haut., 51 cent.; larg., 27 cent.

COROT

16. *Paysage.*

Toile. Haut., 28 cent.; larg., 41 cent.

COROT

17. *Effet du matin.*

Toile. Haut., 24 cent.; larg., 37 cent.

COROT

18. *Paysage avec figures.*

Toile. Haut., 36 cent.; larg., 58 cent.

COROT

19. *Paysage* (matin).

Collection Tabourier.

Toile. Haut., 23 cent.; larg., 31 cent.

T. COUTURE

20. *L'Absent.*

Toile. Haut., 45 cent.; larg., 54 cent.

DAUBIGNY

21. *Paysage.*

Bois. Haut., 30 cent.; larg., 39 cent.

DAUBIGNY

22. *Vue de Londres* (la Tamise).

Toile. Haut., 45 cent.; larg., 82 cent.

KARL DAUBIGNY

23. *Paysage.*

Bois. Haut., 27 cent.; larg., 41 cent.

EUG. DELACROIX

24. *Gœtz de Berlikinghen écrivant ses mémoires.*

Toile. Haut., 26 cent.; larg., 18 cent.

EUG. DELACROIX

25. *Cheval.* Étude.

(Vente Delacroix.)

Toile. Haut., 25 cent.; larg., 44 cent

DELAUNAY

26. *Pandore.*

Bois. Haut., 31 cent.; larg., 18 cent.

N. DIAZ

27. *Forêt de Fontainebleau.*

Haut., 50 cent.; larg., 65 cent.

N. DIAZ

28. *Pensive.*

Haut., 22 cent.; larg., 17 cent

JULES DUPRÉ

29. *Le Retour.*

Toile. Haut., 60 cent.; larg., 98 cent.

JULES DUPRE

30. *Marine.*

Bois. Haut., 12 cent.; larg., 21 cent.

JULES DUPRE

31. *Marine.*

Bois. Haut., 21 cent.; larg., 24 cent.

FAUVELET

32. *La Couturière.*

Haut., 34 cent.; larg., 25 cent.

TH. FRÈRE

33. *Entrée de Mouski* (Caire).

Collection Tabourier.

Bois. Haut., 25 cent.; larg., 17 cent.

EUG. FROMENTIN

34. *La Danse.*

Bois. Haut., 34 cent.; larg., 26 cent.

GÉRICAULT

35. *Cheval effrayé.*

(Collection Binder.)

Toile. Haut., 42 cent.; larg., 32 cent.

GÉRICAULT

36. *Chien blessé.*

Collection Binder.

Toile. Haut., 16 cent.; larg., 26 cent.

GÉRICAULT

37. *Étude d'homme.*

Toile. Haut., 20 cent.; larg., 28 cent.

A. GLAIZE

38. *Les Nouvelles.*

Bois. Haut., 12 cent.; larg., 6 cent.

J. GŒTHALS

39. *Paysage* (clair de lune).

Bois. Haut., 55 cent.; larg., 90 cent.

J. GOUPIL

40. *Jeune femme.*

Bois. Haut., 33 cent.; larg., 23 cent.

GUILLEMIN

41. *Scène bretonne.*

Bois. Haut., 25 cent.; larg., 27 cent.

HÉBERT

42. *Pifferari.*

(Collection et vente Th. Gautier.)

Bois. Haut., 21 cent.; larg., 32 cent.

CH. JACQUES

43. *Coq et poules.*

Collection Hecht.

Bois. Haut., 10 cent.; larg., 15 cent.

JONGKIND

44. *Canal en Hollande* (effet de lune).

Toile. Haut., 31 cent.; larg., 41 cent.

V. LECLAIRE

45. *Pommier en fleurs.*

Toile. Haut., 91 cent.; larg., 72 cent.

MARILHAT

46. *Étude de forêt.*

Collection Guntzberger.

Bois. Haut., 40 cent.; larg., 35 cent.

PERALTA

47. *Vue de Venise.*

Toile. Haut., 48 cent.; larg., 40 cent.

PLASSAN

48. *Scène de famille.*

Collection Laurent-Richard.

Bois. Haut., 20 cent.; larg., 26 cent.

ROBERT FLEURY

49. *Doge assis dans un fauteuil.*

Collection Huybrecks, d'Anvers.

Toile. Haut., cent.; larg., cent.

C. ROQUEPLAN

50. *Femme agaçant un chien.*

Toile. Haut., 36 cent.; larg., 27 cent.

TH. ROUSSEAU

51. *Le mont Saint-Michel.*

Collection A. Larrieu.

Toile. Haut., 28 cent.; larg., 32 cent.

TH. ROUSSEAU

52. *Paysage* (clair de lune).

Collection Th. Gautier.

Bois. Haut., 24 cent.; larg., 32 cent.

TESSON

53. *Paysage* (Algérie).

Bois. Haut., 20 cent.; larg., 35 cent.

TROYON

54. (Étude). *Cheval blanc.*

Vente Troyon.

Carton. Haut., 28 cent.; larg., 34 cent.

ZIEM

55. *Paysage* (soleil couchant).

Bois. Haut., 27 cent.; larg., 43 cent.

www.ingramcontent.com/pod-product-compliance
Ingram Content Group UK Ltd.
Pitfield, Milton Keynes, MK11 3LW, UK
UKHW021040260726
13994UKWH00005B/2275